主よ 一羽の鳩のために

須賀敦子詩集

河出書房新社

＊

一人でゐるといふこと。それは　なにがどうなっても必要。
どんなに近くても、どんなにわかりあってゐても、
一人でないと、死んでしまふといふこと。
自分を失ふな。

（作詩ノート冒頭に記されたメモ）

＊

Ave Regina Caelorum

くちには
いっぱい
もいだばかりの
桃の実の
かほりを。

あたまには
しろと
黄金《きん》との
すひかづらの
花冠《かむり》を。

16-6-'59

Expandi manus meas ad te

陽のきらきらする朝
つめたい空気のなか
すきとほった　そらのしたで
両手をひろげて
わたしは待つ。

ふってくる
ふってくる
あたり一めん
きいろい切口をみせた
枝の大群が

たかく　にほひを
まきちらしながら
大地　めがけて
ふってくる。

むね一ぱいに
ばさばさと音たてる枝に
顔をうづめて
わたしはこの
かほりたかい
あいに
じっと
くちづけする

あゝ
とうとう
おまへは
また
やつてきた。
無限のひかりと
草を焦《こ》がす熱と
水底の静けさの 晝《まひる》をつれて。
私はふたたび

すべてを
しっかりと
両手ににぎりしめ
菩提樹の香に咽せながら
燃えさかる
大地に
うっとりと
立つ。

6/10 '59

同情

つめたい秋の朝の
ラッシュアワーの停車場前
かつかつとパン屑をついばみ、
せはしげに まばたきして うずまく
青、灰、緑の
鳩の波に
ひとり 肩に 首をうづめて
うごかぬ おまへ
セピアいろの 鳩よ。

あゝ
わらっておくれ
うたっておくれ
せめて　みなにまじって
わたしを安心させておくれ。
(いろがちがふからといって
なにも　おそれずとよいのだ。)
主よ　一羽の鳩のために
人間　が　くるしむのは
ばかげてゐるのでせうか。

ヴィクトリア・ステーションにて、

9/7/'59

いいわけ

待ってください。
鉛筆をけづりますから。
待ってください。
しづかな部屋をさがしますから。
待ってください。
この天気ではどうも……。
待ってください。
まだ食事もすんでないのです。
あ、待ってください。
いますぐ心を落着けますから。

なにもかも　いひわけにすぎない。
なぜ、　たましひよ、　さう
愛を待たせるのだ。
ちらかつたまゝでいゝから
どうして
かれを抱きしめないのだ。

きらめく露を細い葉にのせた
夏の朝のかやつり草は
濡れたまゝ
愛してゐる―。

9/12/59

夜毎くらがりに わたしはすはって
故郷《くに》を追はれた罪ないおまへの涙を
雨の手に汲み ひとりのみほしては
苦《にが》い野のはての小花をつみあつめる。
その透明の液体が どんなに私の心を刺さうと
それでいい それでいい せめてすこしでも
おまへのくるしみさへかるくなればと 自分に云ひきかせ

わたしはねむらなくてもよい　せめておまへのねむりが
おそろしくれなゐの小花につゝまれて安らかであってほしいと
せめて露いっぱいの 萌える草みどりにつゝまれてほしいと。

夜毎くらがりに わたしはすわって
苦《にが》い 荒野の 小花をつみあつめる。

アマンテアでは
カラブリアの
アマンテアでは
陽ののぼらぬうちに
娘たちが
素足を
草の露に染めて
手かごに
桃をつむ。

母親たちは
朝いちばんの
まだあたたかい乳で
籐の匂ひも あたらしい
雪いろの
生チーズをつくる。
リヴィアは、
栗色の 髪の
夕星の 瞳《ひとみ》の

リヴィアは
寝床から跳ねおきて
ひかりの青い海辺に
いちもくさん
かけてゆく。
アマンテアの海に。

7-2-59

主よ　一羽の鳩のために　須賀敦子詩集　＊　目次

主よ　一羽の鳩のために　須賀敦子詩集

＊ Expandi manus meas ad te

陽のきらきらする朝
つめたい空気のなか
すきとほった　そらのしたで
両手をひろげて
わたしは待つ。

ふってくる
ふってくる
あたり一めん
きいろい切口をみせた
枝の大群が

たかく　にほひを
まきちらしながら
大地めがけて
ふってくる。

むね一ぱいに
ばさばさと音たてる枝に
顔をうづめて
わたしはこの
かほりたかい
あいに
じっと
くちづけする。

（1959/1/19）

＊ラテン語で「わたしはあなたに向かって両手をひろげ」の意味。「詩篇」143：6より。

（おかあちゃま　じかんってどこからくるの？）

おかあちゃま　じかんってどこからくるの？
Mamma, da dove vengono le ore ?

こどもよ
おまへが　さう　たづねたとき
わたしたちは　みな
はっとしたのだ。

じかんってどこからくるの？
ちひさな　こゑで　おまへは
もう　いちど　きいて　みる。

へんじのできぬ
おとなたちを　まじまじと
みつめて……。

そのむかし
こどもよ
ひとは
じかんをもってゐなかったのだ。
そのとき
いのちは
よろこびで
ひかりは
たえることない　うた　だった。
あさのつぎには
ひるが来

ひがくれると
よるがきた
りんごの木には
りんごがなり
はるには
はるの花が咲いた。

それが　みんな　かはってしまったのが
あの　ひざかりの午後
ひとりの　をんなと
ひとりの　をとこが
いちゞくの木蔭で
あいをころした
あの　ときだった。

それからといふもの
じかんは
あらゆる　うつくしい
めざめのまくらもとにたって
われわれをまってゐる。

（それにがまんできぬ人間たちは
どうにかして
こんどは
じかんを　ころさうとする。）

けれど
こどもよ
ほんたうは
あの　いちど　ころされた　あいに

もう　いちど
生きてもらふほか
われわれは
どうしやうも
ないのではないだらうか。

（1959/2）

（けふは　そらの　あをい）

けふは　そらの　あをい
いとすぎの　ゆらゆらと　ゆれる
日でした。
春が　もう
そこまで　きてゐるのが
はっきり　わかる
日でした。
いとすぎの
こいみどりの　こずゑに
すゞめが
むれてさへづる

日でした。

あさひのなかで
もう　うすい黄にかすんだ
つぼみの　ミモザが　しづかにふるへて
木ぜんたいで
ひかりの天を
うけとめてゐました。

たしかに　春は
もう
そこまで
つい
そこまで
きてゐます。

（1959/2）

（窓のしたに）

窓のしたに
ある雨の翌朝
うまれた
あかるい
ふとい
あすぱらがすの芽。

（1959/3）

（あゝ　この　ひかりを）

あゝ　この　ひかりを
この　二つの手でうけとめて
じっと
にぎりしめることができたら……

（1959/2）

（これほど空があをくて）

これほど空があをくて
ミモザが
黄のひかりを　まきちらし
くろい　みどりの　葉のあひだに
オレンヂが　紅《あか》く　もえる朝は
たゞ　両手を
まっすぐにさしあげて
踊りくるふほか
なんとも　しかたないのだ――。
ひくゝ　たかく
うたひながら

いのりつゞけるほか
なんとも　しかたないのだ——。

（1959/3）

（アカンサスの叢《しげみ》から）

アカンサスの叢《しげみ》から
みあげると
くろいみどりの夾竹桃があり
あはいミモザの黄がそのうへにふるへ
まっすぐにのびた赤松の
まだらのすこやかな枝のうへに
四旬節の
ローマの
朝の
そらがある――

くるしみの沈黙には
沈黙でこたへる
ほか　ないのだらうか――。

（1959/3）

（れんげが咲いて）

れんげが咲いて
きいろい　きつねが　走っていった――。

ま夏の　そらは
きらきらひかり
草いちごか
つぶつぶにあかい
ボルセーナのトマトも
もう　すっかり　うれてゐる

れんげの石がきには

子供の　こゑが　いっぱい。
きいろい　こぎつねは
あはてゝ　走っていった——。

（1959/3）

（わたしの／いづみは）

わたしの
いづみは
きふに
うたはなくなってしまった。
なゝいろのつめたいしぶきを
きら／＼と
朝の陽のなかに
まきちらし
ねむりからさめたばかりの
わたしの髪に
かほりをあたへ

わたしのからだに
仔鹿のちからと
よろこびを
あたへてくれた

わたしの　いづみは
きふに
うたはなくなってしまった。

いづみよ
だれが
おまへを
のみほしてしまったといふのか。

いづみよ

それとも
おまへは
もう
わたしのところにかへってこないといふのか。

紫の
夕ぐれのひかりのなかで
きふに
凋れてしまった
わたしの
いづみのよこにすはり
わたしはたゞ
しづかにすゝりなく。

うたっておくれ
もう　いちどで　いゝのだから。
そのうたが
わたしの　いのちをうばっても
いゝのだから。

（1959/3）

（もうひとつ）

もうひとつ
うへの
テラスに出れば
空がもっと
ひろくて
るりや
むらさきや
茜《あかね》に
夕暮れてゆくのが
手にとるやうに
みえるのは

わかってゐるのだけれど——
空が
じぶんのものゝやうに
ずっと
身近くなるのは
わかってゐるのだけれど——

空よ
わたしは
おまへが　こはいのだ。
おまへの
まぶしい
無限のひろがりを
なによりもわたしは
おそれてゐるのだ。

ここにゐて
ざわざわとゆれる
何本かの赤松のこずゑや
そのおほらかな枝をくゞって
くろく　とびかふ
つばめの　むれのむかふに
あはく暮《く》れてゆく
おまへを
こうやって
みてゐるほうが
なにか
ほっとした　きもちで
ゐられるのだ。

しかも空よ
おまへは
とほい　うみなりのやうに
わたしを
よびつゞけ
わたしも
おまへに溶けいってしまひたいと
日に何回か
ひどく誘惑されるのだけれど――

空よ
わたしは
おまへの
無限のひろがりが
なによりも　こはいのだ――。

泥でつくられた
わたしにとって
おまへは
あまりにも
まぶしく
すみきってゐるのだ。

（1959/6/7）

（あゝ／とうとう）

あゝ
とうとう
おまへは
また
やってきた。
無限のひかりと
草を焦《こ》がす熱と
水底の静けさの晝《まひる》をつれて。
私はふたたび
すべてを
しっかりと

両手に　にぎりしめ
菩提樹の香に咽せながら
燃えさかる
大地に
うっとりと
立つ。

（1959/6/10）

（この／六月の）

この
六月の
透明のあさ
ゆらゆらの
暁《あけ》のひかりに
私のたましひは
小さな
邪教徒と化して
怪《あや》しい　いのりを　さゝげる。

はだしの足は

草の露に
濡《ぬ》れたいと
泣きさけび

あさは
このうへなく　在《あ》って
これで　すべて
いゝのではないかと
よびかける――

あゝ
イサアクの神よ
予言者らの神よ
殉教者たちの神よ
いま

おまへは
どこにゐるのだ――。

（1959/6）

（さあ／夜が　あけた）

さあ
夜が　あけた
もう陽が
のぼりはじめたのだ
静かな人よ
露ぐっしょりの
夏草の道を行かう
あれも
これも
おまへに　はなしたいのだ。
松のかほりがつよく

つばめのうたが　するどいと
おまへに　いひたかったのだ。
生れでる日の
原始の
うたと
をどりを
おまへにこそ
みてもらひたいのだ。

（1959/6）

（あさが）

あさが
私を
たゝきおこした。
目をこする私を
しかりつけて
つよく　私に
ほゝずりした。

湧《わ》き水に
手足を洗ひ
すこし　ぬれた

わらぞうりを　ひたひたとはき
さあ
したくはできた。

六月の
草のあさの中へ
出かけよう。

（1959/6）

（こんな／大きな都《まち》に）

こんな
大きな都《まち》に
いつから　とぢこめられてゐたのかと
私のたましひは
はげしく　すゝり泣く。

あゝ　こゝでは
水《みづ》も
松のかほりも
よあけの
つばめの　うたさへも

みな
ほんもの丶
まねでしかない——。

しひたげられた土の
うめきが
私の　からだをゆさぶり
たましひは　しろく　わらって
天翔ける。

（1959/6）

（おまへに）

おまへに
つかまるのが
こはいので
そうっと
よこを
めをつぶって
とほりすぎようとすると
おまへは
夕やけの
波のやうに
きらきらと

にほって
けっきょくは
やっぱり
わたしを
つかまへてしまふ

すひかづらよ。

それでも
わたしは
勇気を
ふるひおこして
さよなら
といはうとすると
みどりの葉に

しろと
黄金《きん》の花ぶさを
ちりばめた
やさしい
おまへは
じっと
わたしを
瞠《みつ》めて
いふ――。

あなたは
おとなだから
いそがしいのでせう。

（1959/6/15）

Ave Regina Caelorum *

くちには
いっぱい
もいだばかりの
桃の実の
かほりを。

あたまには
しろと
黄金《きん》との
すひかづらの

花冠《かむり》を。

（1959/6/16）

＊聖母マリアに捧げる聖歌。ラテン語で「幸いなるかな天の女王」の意味。

（かんがへても　ごらんなさい。）

かんがへても　ごらんなさい。
いくら　かみさまだって
その後を
ろばの　やうに　ついて行くなんて
みっともなくて
とても　がまんが　できません。

おいおい
ろばのやうに
ついて行けなど
だれが　いった。

ろばになるなら
いっそのこと
ついて行かぬほうが
よっぽど　いゝくらゐ。

（1959/6/19）

（燃えさかる）

燃えさかる
火の馬にのって
この
真夏の
ひるさがり
たしかに
かれは
電車道を
大またに
よこぎって
行った。

（1959/6/20）

（ふたりきりになって）

ふたりきりになって
日の暮れるまで
ゆっくり
いろいろ
おはなししたいと
やっと
この
すずしい風のとほる
たかい窓ぎはに
きたのですけれど
わたしの

こころは
みだれた紅《あか》い糸のやう
ことばとてなく
なきじゃくるだけなのです。

（1959/6/25）

（もつことは）

もつことは
しばられることだと。

百千の網目をくぐりぬけ
やっと
ここまで
ひとりで　あるいてきた私に。

もういちど
くりかへして
いひます。

あなたさへ
そばにゐて
くだされば。
もたぬことは
とびたつことだと。

（1959/6/25）

（初夏の）

初夏の
太陽のした
波うつ
つややかな
若葉の
葡萄畑に

わたしは
はっきりと
おまへを
かんじるのだけれど。

おまへが
いったい
だれなのか
わたしには
さっぱり
わからない。

（1959/6/25）

（はじめて）

はじめて
おまへをみたのは
あの
ひかり一ぱいの
ボルディゲラ
海岸の散歩道で
しづかに　暮れて行く
夏の日だった。
花むらに
顔をうづめようと
近づく　わたしの

髪に
肩に
おまへは
白と空色の
花を
涼しい雨のやうに
惜しげなく
降らしつづけた。

それから
何年か
日々
緑こい祖師ヶ谷から
おまへの
たよりを　うける

いま
おまへは
この
ローマの庭で
ひとふさ
ふたふさと
咲きはじめる。

夕立のあと
庭を吹きぬけてゆく
風のやうな
おまへ。
るりまつりよ

（1959/6/27）

（シチリアの岸をあらふ）

シチリアの岸をあらふ
ゆたかな波が
けふも
しづかに
リヴィア
あなたの足を追ってたはむれる。

はてしない蒼穹《おほぞら》と
瑠璃《るり》の海。
アマンテアのリヴィア。

オリヴ林を
灼《や》きつくす八月の太陽も
リヴィア
あなたの
ひかりの髪には
たゞ
そっと
ふれてみるだけ。

（1959/7/1）

(アマンテアでは)

アマンテアでは
カラブリアの
アマンテアでは
陽の　のぼらぬうちに
娘たちが
素足を
草の露に染めて
手かごに
桃をつむ。
母親たちは
朝いちばんの

まだ　あたたかい乳で
籐の匂ひも　あたらしい
雪いろの
生チーズをつくる。
リヴィアは
栗色の髪の
夕星の瞳《ひとみ》の
リヴィアは
寝床から跳ねおきて
ひかりの青い海辺に
いちもくさん
かけてゆく。
アマンテアの海に。

（1959/7/2）

(浅い海辺の)

浅い海辺の
やさしい
波のやうだと
潮風に
吹かれる
素足の少女の　やうだと
けふまで
おもってゐた
おまへが
この　七月の晝《まひる》
傾斜いちめんの

しろく乾いた泥《どろ》
ひゞわれた土
沸《たぎ》りたつ　炎熱のなかに
幾千の
まだ
青いぶだうを
しっかりと
かかへて
しかも
そのしなやかな
黒の枝々で
あかるく　呼吸してゐるのをみると

なにか　私は
ひとり　わらって

あゝ
やっぱり
こうに
ちがひなかったのだと
さう
おもふ。

ママに。フラスカティにて

（1959/7/15）

（雨がやんで）

雨がやんで
ゆふやけのそらは
やっと
すひかづらの花むらに
あまい香を
もってかへる。
それで
空気も
ほっと息をついて
町中に
子供らの

透明な声を
溢れさせる。
わたしも
よごれた足を
井戸であらって
しづかに
うたはう。

Roma, July

（1959/7）

（ちぎれ雲のしたに）

ちぎれ雲のしたに
すこし　かすんだ　オリヴ林の丘
そのむこうに
湖までつゞく
うねうねの山々。
この高い窓ぎはで
すこし大きく息さへすれば
なにもかも　よくなるのだ――

けっきょく
死の

もだえだとか
叫び　とか
いつかは消えてゆくのではないだらうか

そして
よろこびだけが
音たてゝ流れる生命《いのち》に
ほとほとゝ火をともし
この八月のあさ
庭一めんの
陽にむかってひらく
つめきり草のやうに
あかあかと
咲きこぼれるのではないだらうか――

（1959/8/5）

（きいろく）

きいろく
たつぷりと熟れた実を
かご一ぱいちぎらうと
李《すもも》の木に　のぼつたら
くろい眼の
ぶちぶちの
小さな蛇が
花ぶさのやうにかさなり合つたまるい実を
しつかりとだいて
じつとわたしをみつめてゐた――

どうしてだかしらないが
じっとだまって
わたしをみつめてゐた。

みつめられて　わたしは
いたづらをみつけられた
こどものやうに
なにか
すっかりあはてゝ
いそいで木を降りてしまった。

（1959/8/5）

（人影のない）

人影のない
夏の日のひるねどき
木蔦のしげった
果樹園の
白く　かはいた
石垣にちかづくと
かさっ
かさっと
枯葉を鳴らせて
みどりに
赤にと

つよい夏のひざしを
その鋼鉄線の尾に
みごとに　うけとめながら
なんのにほひもない
おまへたちは
せはしく
逃げてしまふ
わたしにも
おまへたちにも
はかりしれない
たふとい規律にしたがって――。

（1959/8/5）

ロンドンよ

なるほど　この木は
いちゞくの幹をしてゐて
いちゞくの葉をしげらせてゐる。
だけど　なんの
にほひもない　この木が
ほんたうに
いちゞくだと納得するには
どうすればよいのだ――。
芝生のなめらかな
公園の一隅に
かたく　くろずんでしげった

この木が
わたしの心からの友だちの
ゆたかな乳にあふれた
あの　いちゞくだと
ロンドンよ
おまへは　どうやって私を
納得させてくれるのだ――

（1959/8/21）

同情

つめたい秋の朝の
ラッシュアワーの停車場前
がつがつとパン屑をついばみ
せはしげに　まばたきして　うずまく
青、灰、緑の
鳩の波に
ひとり　背に　首をうづめて
うごかぬ　おまへ
セピアいろの　鳩よ。

あゝ

わらっておくれ
うたっておくれ
せめて　みなにまじって
わたしを安心させておくれ。
（いろがちがふからといって
なにも　おそれずとよいのだ。）
主よ　一羽の鳩のために
人間　が　くるしむのは
ばかげてゐるのでせうか。

ヴィクトリア・ステーションにて

（1959/9/7）

まだ知らぬ土地の……

リュックの中では
生干《なまぼ》しの　いわしが
青く
こびりついた血のなかで
にほってゐた。
蟬しぐれのくさむらで
大豆をがつがつと食べ
あの峠のふもとの
樟のふかい木蔭の井戸で
ひりひりと痛む
肩の汗を拭き

まめのつぶれた
足をひやし
朝露のやうにあまいその水を
口にふくむと
陽やけした　わらひが
わたしの小さなからだを
かけめぐった。
たしか　そのとき
ずっと　とほくに
まだ知らぬ土地のうたをきいた。

神よ　あなたは
あのときも
しづかにわたしを
みつめてゐたのだらうか――。

二千年まへ　いちゞくの樹かげから
小男のサリオをみつめた
あの　おなじ眼で……。

（1959/9/7）

パルテノンのフリーズに寄せて

遠くから　遠くから
遠くから　遠くから
蹄《ひづめ》の音　馬の音

あゝ　朝の光に
何百の何千の
蹄の音　馬の音

銀《しろがね》の馬よ　石よ　馬よ
太陽にむけて
蹄の音　馬の音

たてがみよ　風よ
荒れくるひ　群《む》らがりて
蹄の音　馬の音

潮《うしほ》よ　水しぶきよ
岩塊よ　筋肉よ
蹄の音　馬の音

（1959/9/8）

いいわけ

待ってください。
鉛筆をけづりますから――。
待ってください。
しづかな部屋を　さがしますから。
待ってください。
この天気では　どうも……。
待ってください。
まだ　食事もすんでゐないのです。

あゝ　待ってください。
いま　すぐ　心を　落着けますから。

なにもかも　いひわけにすぎない。
なぜ　たましひよ　さう
愛を待たせるのだ。
ちらかったまゝでいゝから
どうして
かれを抱きしめないのだ。

きらめく露を細い葉にのせた
夏の朝のかやつり草は
濡れたまゝ
愛してゐる——。

（1959/9/12）

もしやあなたが……

もしや　あなたが
かくれて　おいでではないかと
午後の日射しの
乳母車を
ひとつ　ひとつ
のぞいて　とほる。

そらのいろ
ゆきのいろ
また
ばらいろが

うづまいて

小さなくちが。
まるい舌をのぞかせ
おちょぼにつぼめた
ちひさなくちが。

小さなおつむが
勿体ないほど
あかるい髪の
小さなおつむが。

おゝ眼が
ひかりに濡れた眼が
ひかりだけの

りんだうの眼が。

このくるまには
しのびわらひが
あのくるまには
泣き声が。

かくれておいでどころか
あなたは　小さな手で
わたしの胸を　しかとつかまへ
あるいて、もっと
あるいてと
泣いてせがまれる。

King's Road, Chelsea

（1959/10/2）

秋風のこゑで

露ひかる萩の野に
このゆふべ　おまへを
さがしに　でかけよう
待ちくらす　おまへを。

葉かげの　くらやみで
くりかへし　くりかへし
おまへは　よびつゞける
鈴虫のやうに。

をみなへしの雫を

琴の緒《を》に縒《よ》り
もえさかる　いのちの
よろこびを　うたはう。

来しかたのなみだを
桔梗の碧《あを》に汲み
酔ひしれて
踊らう。

やがて皎々の月のもと
尾花の穂にうもれ
秋風のこゑで
恋を　かたらう。

(1959/11/21)

（ひしひしと夜がおしよせ）

ひしひしと夜がおしよせ
だれひとりもう私をおもひださないときがくると
わたしは　こっそりとつめたい床を出て
灰いろに死にたえた炉のほとりで
はるの日に小川におく梁簀《やなす》をあむのです。

やがて雪がとけはじめて川に水がもどれば
やがてあかるいこどものうたが野をわたるやうになれば
この梁《やな》にもふたゝびいのちがよみがえり
芽ぶくそのわかい葉をひたひたとおゝふ流れに

ある夜《よ》明《あ》け　かれがかゝらないと
だれが証明できるといふのですか？

（1959/11/26）

（さあ　あなたを）

さあ　あなたを
しっかと胸に抱《いだ》いて
秋の野を
わたらう。

りんだうの雫には
夕焼けのきらめきを映《うつ》さう。
芦わたる風には
沼の香をのせてとばさう。

山はぜの紅い葉には
血にかえる火をおかう。

やがて空とほくに
新月が
糸をかけたら

母のうたった
ゆりかごのうたで
あなたが
寝つくのを
夕星《つづ》の下で待たう。

（1959/11）

（松の枝が）

松の枝が
さわやかに藍の空を負ってたち
十一月もなかばすぎといふには
あまりにもよい天気なので
この青の陽のひかりを百の小箱につめて
大切にとっておこうと考へついたのですが。

つめたい雨が
朝はやくからしとしとと降りつゞいて
手袋もなくしてしまったし　靴はないし
オーバといふのも名ばかりで

学校へ行きたがらない子に
その小箱をそんな日にあげたら
きっと学校へも行ってみようといふのではないかと。

だれひとり兄弟からも
もうこのひと月といふもの手紙一本こないし
台所のすゝけた戸棚は湿っけて
パン一切れ　みその匂ひなどもずっとせず
今日もまたくらいうちに起きて
トロッコに乗る七人の子持の鉱夫に
その小箱をあげたら　どうかと——。

（1959/11）

Vigilia di Natale*

さっきから何度も
あなたの顔をみあげるのは
美しいしづかな雨が降るからなのです。
若いみどりのやつでの葉に
しづかな雨が降りつゞけるからなのです。

主よ　もう何日も
あなたの大きな手を肩にかんじながらも
わたくしは　ことばないまゝに
たゞ町をあるきまわったのです。なにひとつ
みつけず　だれひとり　会はぬまゝに――。

星はひかったかとおもうと　もう
厚い雲がたれこめ……
師走の街は　毛皮だの　香水だので
そのうへ　全く　慈善家きどりです。
（たぶん　みな　苦しみとは　なんだったか
そして　よろこびといふことばさへも
とんとわすれてしまったにちがいありません。）

しかも　いちばん肝心かなめのところで
一同そろって　大きな音をたて
がしゃん！　と扉《とびら》をしめるのです。
ほんたうに　大きな　音です。かなしいほどに。

それでもう　どこにいてよいのか　わからなくなり

さっきから　逃げてきているわけです。わたくしは。
この美しいしづかな雨のなかで　さっきから
何度もあなたの顔をみあげるのですが――。
ひとこと　あなたが　なにか云ってくださらぬかと
あなたの永劫のことばが
声となってこの雨とともに降《くだ》りたもうのを
うすくらがりの窓ぎわで
ひとり　こうして　待っているのです。

（1959/12）

＊イタリア語で「クリスマス・イヴ」の意味。

耳をすませて

おゝ　よく　きいてごらん
誰かゞ　誰かゞ　泣いている——
おまへの読んでいる　文字と
文字の　あひだの　奥ふかいところで
だれかゞ　だれかゞ
はげしく　すゝり泣いている。

その号泣の　さゞめきは
灰いろの師走の町にひろがり
矢のように　人々の心を刺し貫ぬき
その　ひとつ　ひとつに

血のしたゝる
ひかりの傷を　残してゆく。
あゝ　誰が　いったい
だれが　泣いているのか。

（1959/12/27）

四季

桜のはなびらを
こう集めて
手にのせて　そのうへに
あなたを　ねかせよう。

五色浜の小石を
こうあつめて
手にのせて　そのなかで
あなたを　あそばせよう。

稲の穂のしづくを

こうあつめて
手に汲《く》んで　あなたを
浴《ゆあ》みさせよう。

山茶花に吹く木枯しを
こうあつめて
手にとって　その音を
あなたに　きかせよう。

（1959/12）

（夜毎くらがりに　わたしはすはって）

夜毎くらがりに　わたしはすはって
故郷《くに》を追はれた罪ないおまへの涙を
両の手に汲み　ひとりのみほしては
苦《にが》い野のはての小花をつみあつめる。

その透明の液体が　どんなに私の心を刺さうと
それでいゝ　それでいゝ　せめてすこしでも
おまへのくるしみさへかるくなればと　自分に云ひきかせ
わたしはねむらなくてもよい　せめておまへのねむりが

あをしろくれなゐの小花につゝまれて安らかであってほしいと
せめて　露いっぱいの　萌える草みどりにつゝまれてほしいと。

夜毎くらがりに　わたしはすはって
苦《にが》い　荒野の　小花をつみあつめる。

（1959/12）

解説

池澤夏樹

一九九六年にぼくが『池澤夏樹詩集成』を出した時、須賀さんが対談の相手をしてくれた。そこで彼女は——

ある時期、彫刻に興味があって、ローマにいた頃は彫刻家のアトリエに出入りしたりして、見ていて、何か詩と彫刻は似ているんじゃないかという気がしきりにして、何だろう何だろうと考えました。固いものを刻んでいくことによって、本質だけを残すところが似ている。それでもまだ、言葉が怖くて逃げ回っていました。書く、ということの周辺ばかりが目について、自分では何も書けない。それでどうしていいか判らなくて。

しかし須賀敦子は詩を書いていた。

この本のもとになる手書きの原稿が見つかったと聞いて、ぼくはやっぱりと思った。あれだけ思いの多い人、あれだけ詩の翻訳が好きでたくさんのイタリアの詩人を日本に紹介してくれた人が自ら詩を試みなかったはずがない。

しかしそれを彼女は生きている間は人に見せなかったらしい。今回見つかったのも一九五九年の一月から十二月までに書かれたものだけで、まるでその一年だけ自分に詩作を許したかのようだ（一年分をまとめておいたのが見つかっただけかもしれないけれど）。そこで始まったのは何か促しがあったのか？　年末で終わったのはなぜか？

そこで終わったについては内的な理由と外的な理由が考えられる。創作者はみな己の内に批評家を抱えている。時にはその批評家がとても厳格で、これは発表には価しないと言うこともあり、これ以上は書き続けるに及ばないとさえ言うことがある。外的な理由については後で述べる。

この時期、須賀敦子はどういう境遇にあったか？

一九五七年九月、彼女はイタリア留学試験に合格した。実際に飛行機に乗ったのはほぼ一年後で、一九五八年九月にローマに着いた。二十九歳だった。そこからこの大都会での暮らしが始まり、十二月には生涯の友人になる詩人にして神父のダヴィデ・マリア・トゥロルドに初めて会っている。

一九五九年はだいたいローマで勉強と友人たちとの行き来に明け暮れ、八月にはロンドンに遊学、スコットランドで遊んで十月にローマに戻った。満ち足りた喜びの多い日々だったろうと想像される。

翌一九六〇年の一月、彼女はトゥロルドの紹介でガッティならびに後の伴侶となるペッピーノに会い、コルシア書店に出入りするようになる。二月からは毎日のようにペッピーノと手紙を交わし、秋には彼と結婚を約束する。

詩を書かなくなった外的な理由はこんなところにあったのではないか。コルシア書店にはトゥロルドはじめ優れた詩人が多く出入りしていた。日本語で書いた詩では彼らの前で読むこともできない。何よりもペッピーノ宛の手紙を書くことに時間を割かれたし、日々湧く思いは詩にするよりも手紙に書いた方がいい。

彼女の詩はどんなものだろう。

気取りのない素直なスタイルで、意想にはひらめきがある。

例えば、「(おかあちゃま　じかんってどこからくるの?)」という作品。かつて人は無時間の幸福の中にいたのに、アダムとイヴの無分別がそれを壊してしまった。

それが　みんな　かはってしまったのが
あの　ひざかりの午後
ひとりの　をんなと
ひとりの　をとこが
いちゞくの木蔭で
あいをころした
あの　ときだった。

その結果、人間たちの生に時間というものが導入された。いちじくは禁断の実を食べた後で性を知ったことを言うのだろうか。時間について同じことをもう少しウィットを込めて言うと、「(おまへに)」の「あなたは／おとなだから／いそがしいのでせう」になる。無垢の子供には時間感覚は不用なのだし、その先にミヒャエル・エンデの『モモ』を連想することもできる。

その一方で、このおとぎ話めいた「（おかあちゃま　じかんってどこからくるの？）」の底流には信仰に裏打ちされた詠嘆がある。

この本のすべての詩の背後にキリスト教がある。だから「たしかに　春は／もう／そこまで／つい／そこまで／きてゐます」と言う時（「けふは　そらのあをい」）、この報告を受けるのは主である。また「あなたさへ／そばにゐて／くだされば」と言われる「あなた」は（「もつことは」）、もちろん主だ。

もっとはっきり主に向けて語るものもある——

主よ　もう何日も
あなたの大きな手を肩にかんじながらも
わたくしは　ことばないまゝに
たゞ町をあるきまわったのです。なにひとつ
みつけず　だれひとり　会はぬまゝに——。

（「Vigilia di Natale」）

これはどこかリルケを思わせる。都会の孤独は『マルテの手記』を、主への呼び掛けは「秋の日」という詩を想起させる――

主《しゅ》よ　秋です　夏は偉大でした
あなたの陰影《かげ》を日時計のうえにお置き下さい
そして平野に風をお放《はな》ち下さい

最後の果実にみちることを命じ
彼等になお二日ばかり　南国の日ざしをお与え下さい
彼等をうながして円熟させ　最後の
甘い汁を重たい葡萄の房にお入れ下さい

いま　家のない者は　もはや家を建てることはありません
いま　孤りでいる者は　永く孤独にとどまるでしょう
夜も眠られず　書《ふみ》を読み　長い手紙を書くでしょう
そして並木道を　あちらこちら

落着きもなくさまよっているでしょう　落葉が舞い散るときに

（富士川英郎訳）

この詩はまた季節の巡りを主が統べるという点で、さきほど引いた「たしかに　春は／もう／そこまで／つい／そこまで／きてゐます」にもつながっている。

ぼく自身は信仰について何も知らないまま、信仰ある人々は常に内心で主に話しかけているのではないかと想像している。祈ることは勝手な欲望を訴えることではなく、まずもって語りかけること、答えを期待しないままに思いを伝えること、それによって結果的に自分を律することではないだろうか。先の「Vigilia di Natale」はこう終わっている——

ひとこと　あなたが　なにか云ってくださらぬかと
あなたの永劫のことばが
声となってこの雨とともに降《くだ》りたもうのを
うすくらがりの窓ぎわで

ひとり　こうして　待っているのです。

その一方、いかにも宮澤賢治風のものもある。たとえば彼は「くらかけ山の雪」で自然条件がどれもあてにできないことを述べた上で「ほのかなのぞみを送るのは／くらかけ山の雪ばかりです」と言う。

須賀敦子の「(これほど空があをくて)」にも同じ姿勢を読むことができないか——

これほど空があをくて
ミモザが
黄のひかりを　まきちらし
くろい　みどりの　葉のあひだに
オレンヂが　紅《あか》く　もえる朝は
たゞ　両手を
まっすぐにさしあげて
踊りくるふほか

なんとも　しかたないのだ――。
ひくゝ　たかく
うたひながら
いのりつゞけるほか
なんとも　しかたないのだ――。

この詩は言葉遣いもずいぶん宮澤賢治に似ている。彼女の詩に「村老ヤコブ」が登場してもおかしくない。彼もまた仏教徒という信仰の人であったことだし。

もしも二十二年前の対談の時にこの詩集を読んでいたら話はもっとずっと弾んだことだろう。彼女が彫刻に興味を持ったという時期とこの詩集の時期は重なっている。ローマで彼女は何を思って詩を書き始め、何を思って詩をやめたのだろう。

二〇一七年　クリスマス　東京

●本書は、和紙やタイプ用紙、ノートなどに書かれた詩を日付順に収録したものです。
●無題の作品は、詩の一行目、もしくは一行目と二行目を（　）で括って、題名の代用としました。
●仮名遣いは原文のままとし、旧字は原則として新字に改めました。
●明らかな誤記は訂正しました。

主よ　一羽の鳩のために――須賀敦子詩集

2018年3月20日　初版印刷
2018年3月30日　初版発行

著　者　須賀敦子

発行者　小野寺優
発行所　株式会社河出書房新社
〒151-0051
東京都渋谷区千駄ヶ谷2-32-2
電話　03-3404-1201（営業）
03-3404-8611（編集）
http://www.kawade.co.jp/

装　画　長谷川潔
装　幀　水木奏
組　版　KAWADE DTP WORKS
印　刷　株式会社亨有堂印刷所
製　本　小髙製本工業株式会社

落丁・乱丁本はお取り替えいたします。

ISBN978-4-309-02656-5